작고
단단한
기쁨들을
기꺼이 !
2023년 여름
김록인

마르셀 아코디언 클럽

마르셀 아코디언 클럽

김목인

위즈덤하우스

카바뇰로(우)와 여러 아코디언들 ⓒ 김목인

지금으로부터 백 년 전, 이탈리아 북부
베르첼리에 있던 아코디언 제작소
카바뇰로가 프랑스의 리옹으로 회사를
옮겼다. 몇 년간 이탈리아를 휩쓴
사회주의 운동이 원인이었는지, 막
집권한 무솔리니의 파시스트 정권
때문이었는지는 정확히 알 수 없지만
극심한 불황과 사회 불안이 공장 운영에
좋지 않았던 것은 분명하다.
인근 베르가모에 살던 스물한 살의

안젤리나가 남편, 아이들과 함께
프랑스로 이민을 떠난 것도 이 무렵인
1922년이었다. 많은 이탈리아인이 오랜
경기 침체와 높은 실업률을 못 견뎌
남부에서 북부로, 외국으로 이주하던
시절이었다.

몇 년 뒤 안젤리나 가족은 파리 북부
근교에 정착했고 아이가 다섯으로
늘었다. 이 이야기와 연관 있는 셋째
마르셀이 태어난 것은 1927년이다. 리옹에
안착한 카바뇰로 공장이 질 좋은 악기를
선보이며 막 프랑스의 연주자들에게 개성
있는 음색으로 입소문을 얻어가고 있을
즈음이었다.

— J가 쓴 《마르셀 아졸라의 일대기》에서

❖

악기는 한눈에 봐도 낡아 보였다.
금방이라도 구성진 소리를 내며 오래된
멜로디를 들려줄 것처럼 보였지만 아직은
소파에 조용히 놓여 있었다. L이 그
겉면을 반려견인 듯 쓰다듬으며 나를 한번
쳐다보았다.

이곳은 서울 ○○동의 한적한 골목에
있는 사무실로, 내가 소개받은 이름에 따르면
'마르셀 아코디언 클럽'이다. 다른 회원 G는
조금 늦게 오기로 했고, 그 조카이자 역시
회원인 J가 ㄱ 자로 놓인 옆 소파에 앉아
악기를 지켜보고 있었다.

주섬주섬 인사를 마친 나는 녹음 버튼을
누르고 수첩을 펼쳤다. 소파 뒤쪽으로는
배관이나 철사, 컴프레서 등이 어지럽게

쌓여 있어, 촬영을 위해서는 아무래도 양해를
구하고 앉는 방향을 살짝 옮겨야 할 것
같았다.

"원래 아는 분의 설비 자재 창고 겸
사무실이었어요. 자주 안 쓰신다고 해 빌렸죠."

L의 말이다. 우리가 인터뷰를 진행한
방 안쪽에는 악기 케이스로 보이는 낡은
가방들이 늘어서 있었고, 스탠드 조명이 놓인
책상 쪽 벽에는 이름 모를 외국 아코디언
연주자의 사진과 니퍼, 드라이버 같은
공구들이 가지런히 걸려 있었다.

J가 내가 사 온 커피와 디저트류를
잘 펼쳐놓더니 모두에게 권했고, 자신도
마스크를 살짝 벗고 한 모금 마셨다.

❖

L은 우선 악기 소개를 했다.

"이건 주로 러시아나 동유럽에서 쓰이던 종류의 아코디언이에요. 버튼 아코디언이고 그중에서도 B 타입이죠."

음악이나 악기에 대해 문외한인 나는 다른 아코디언은 무슨 차이가 있나 싶었지만 일단 얘기를 들었다. 그러고 보니 한쪽에 피아노 건반 모양 대신 바둑알처럼 보이는 검고 흰 버튼들이 다닥다닥 붙어 있는 게 독특하긴 했다. 왼쪽과 오른쪽이 무슨 차이인지, 어떤 역할인지 짐작조차 할 수 없었다.

"여기는 주로 멜로디를 담당하는 곳이에요. 이쪽은 코드라고 하죠? 화음을 담당하는 부분이고요."

L이 잠시 바람통을 벌려 소리를
들려주어서 연주를 하나 했더니 다시 주름을
조심스레 닫고 자리에 도로 내려놓았다.
아쉽지만 수리를 하는 중이라고 했다.
"외국에서 사신 건가요?" 묻자 "아뇨, 얻은
거예요"라고 했다.

❖

L은 인테리어 시공 아르바이트를 하고
있어 종종 지방에 머물렀는데, 2년 전 어느 날
군산에서 일이 끝난 뒤 한 백반집에 들렀다가
이 아코디언을 보게 되었다고 했다. 악기는
식당 문을 열고 들어서면 보이는 장식 선반
위에 놓여 있었고 백반집에 이런 게 왜 있나
하는 심정에 잠시 멍하니 들여다보았다.
　모두가 그렇게 유심히 들여다본 건

아니었던가 보다. 카운터를 보던 사장이
한 걸음 나와 그 모습을 지켜보았다. L은
언제나 음악을 좋아했다. 음악이라면 딱히
가리지 않고 들었고, 항상 악기를 연주할 줄
아는 사람들이 부러웠다. 기타를 배워보려
했던 적도 있었지만 소질이 없는 것 같아
그만두었다. 자신은 손이 거친 사람인가 보다
생각했다.

　아코디언은 절반은 악기 같고, 절반은
타자기 같은 모습으로 조용히 놓여 있었다.
금속 테두리는 녹이 슬어 거뭇거뭇했고
닳은 가죽끈이 연식을 보여주었다. 살면서
별로 생각해보지 못한 물건이었다. 주변에
악기 하는 사람도 드물었지만, 간혹 기타나
색소폰을 연주하는 이는 봤어도 아코디언을
연주하는 이는 없었기 때문이다.

　식당 주인이 다가와 말을 걸었다.

"어떻게, 아코디언 좀 해본 적 있으세요?"

주인은 이 자리가 전에 카페를 했던 곳인데, 인수할 때 인테리어 일부도 그냥 사용했고, 악기도 고장 난 거라며 버리려 하기에 나름 어울리는 것 같아 두고 가라고 한 것이라고 했다. 자신은 전혀 할 줄 모르지만 아마 소리는 날 거라며 원하면 연주해보라고 했다.

L은 악기를 들어 올려 먼지를 턴 다음 어깨에 메고 바람통을 천천히 열어보았다.

"난생처음 들어보는 소리였어요. 그렇게 소리가 큰 줄도 몰랐고요. 아주 고풍스러운 소리가 나더라고요."

게다가 옆의 버튼을 누르자 음이 바뀌었다. 당연한 일이었지만, 가게 사장은 감탄하며 "연주를 좀 하시네!" 하고 좋아했다. 연주를 시도한 사람조차 거의 없었던가

보았다.

그것이 시작이었다. L이 식사 도중에도 몇 번 물끄러미 악기 쪽을 바라보자 사장은 필요하면 가져가라는 놀라운 제안을 했다.

못 믿는 눈치이니 "여기서야 장식용으로 둔 거지만 악기는 연주하는 사람 곁에 있어야지"라며 자신의 철학을 확인시켜 주었다.

L은 연주하는 사람이 아니었다. 그러나 차만 있었어도 주인의 마음이 바뀌기 전에 덜렁 실었을 것이다. 그러나 그날은 맨몸으로 왔고, 저걸 어떻게 서울까지 가져가겠나 싶은 마음이 앞섰다. 사실 망설였던 진짜 이유는 다른 데 있었다. 그의 인생에는 그런 횡재가 없었던 것이다. 이건 뭐랄까, 미소를 짓고 깨면 그만인, 꿈같은 것이었다.

주인은 간단한 해결책을 제시했다. 동생이

매주 일 때문에 서울을 가니 차편으로 보내면
받아 가라는 것이었다. 심지어 메모지를
내밀며 연락처나 하나 남기고 가라고 했다.
L은 전화번호를 쓰면서도 이 적극적인 호의가
믿기지 않았다. 아코디언이라니, 이건 인생의
계획에 없던 일이었다.

❖

"그래서 연락이 온 건가요?"

"연락이 왔죠. 서울에 오고 2주 뒤인가 그
주인분이 정말 연락을 하시더니 동생 편에
보냈다는 거예요. 그런데 같은 서울이라도
한 시간 넘게 가야 하는 곳이었어요. 그래도
그게 어디예요? 거기 무슨 정류장 근처에서
만났어요. 그 무거운 걸 큰 쇼핑백에 넣어
직접 들고 나오셨더라고요."

L은 그날 주인의 동생에게 감사의 점심을 샀다. 얘기하다 보니 우연히 하는 일도 겹쳐 명함까지 주고받았다. 이런저런 대화를 하며 식사를 하는데, L은 손님들이 하나같이 식사를 마치고 나가며 발치에 놓아둔 아코디언에 관심을 보이는 것을 느꼈다. 쇼핑백 밖으로 빠져나와 있는 악기의 일부만 보고도 다들 이게 무엇인지 알아보는 것 같았다. 이른 반주를 걸친 한 사람은 잠시 멈춰 서더니 '아코디언' 네 글자가 생각이 안 났는지 "이거, 그거 아냐?"라면서 조용히 중얼거리다가 지나갔다.

비슷한 일은 L이 전철을 타고 집으로 오는 동안에도 일어났다. 확실히 아코디언이 사람들의 관심을 끈다는 것을 알게 되었다. 상당수가 흘끔흘끔 악기를 쳐다보았다.

"아코디언이 원래 그런 악기잖아요.

고급스러운 연주에도 쓰이지만 뭐랄까,
서커스나 약장수도 떠올리게 하잖아요?"

그렇다 해도 주변에 흔하지 않은 이
악기를 다들 한눈에 알아본다는 게 신기했다.
L은 졸지에 얻게 된 악기를 집에 와 한구석에
잘 모셔놓고, 군산의 식당 사장님 명함에 적힌
번호로 감사의 문자메시지를 남겼다. 잠시 후,
몇 주 전 식당에서 들었던 같은 대답이 왔다.

— 악기는 연주하는 사람 곁에
있어야지요.

❖

오랫동안 백반집에 놓여 있던 아코디언은
이제 장소만 옮겨 L의 거실 한쪽에 놓이게
되었다. L은 매일 아코디언을 들여다보았다.
전문가에게 보여줘 수리도 받고, 기회가 되면

한번 배워보고 싶다는 생각이 슬슬 자라났다.

　팬데믹 이전이라 문화센터 같은 곳이 활발히 운영되던 시기였다. 가까운 구에 아코디언 교실이 있다는 걸 알게 되이 들고 가 보여주었는데, 강사가 자신은 주로 피아노 건반 형태로 된 걸 가르쳐 이런 종류는 잘 모른다면서, 수리점을 소개해주었다. 다시 악기를 싸 들고 수리점을 찾았고, 그곳에서 이 악기에 대해 조금 더 정확히 알게 되었다.

　L의 아코디언은 구소련이나 동유럽에서 많이 쓰던 버튼 배열 방식을 채택한 B 타입이었다. 그쪽 말로는 '바얀'이라 부른다고 했다. 외관으로 보아 한 40~50년 된 상당히 오래된 제품 같은데, 그렇다고 고가의 물건은 아니고 대중적으로 많이 보급되었던 악기라고 했다. 수리점 사장은 몇 번 힘껏 바람통을 열었다 닫더니 바람도 많이 새고, 내부 부품이 낡아

고치면 수리비가 꽤 나올 거라고 했다.
어디에서 이런 걸 구했느냐며 솔직히 안
고치는 걸 권해드린다고 했다.

　'그러면 그렇지'라는 자괴감이
밀려들었다. 자기 인생에 이런 횡재가 있을
리 없었다. 그러나 못 고치면 못 고쳤지,
안 고치는 게 나은 건 무엇이며, 공짜로
고쳐달라는 것도 아닌데 안 고치는 걸
권한다고 하니 반발심이 들었다. 자신이
보기에 멀쩡히 소리가 나는 악기를
포기한다는 게 이해가 되지 않았다.

　그러나 수리점에 간 것이 완전한
헛걸음은 아니었다. 그곳에서 현재 마르셀
아코디언 클럽의 회원인 G를 처음 만났기
때문이다. 악기를 주섬주섬 싸서 손수레에
실으려는데, 마침 어깨끈을 사러 와 있던 G가
악기 겉면에 쓰인 모델명을 알아본 것이었다.

L은 그게 이름인 줄도 몰랐었다. 처음 보는 문자인 데다, 폰트 자체가 장식처럼 화려하게 변형되어 있었기 때문이다.

G가 알려주었다. 우크라이나어로 '라좀(разом)'. '함께'라는 뜻이라고 했다.

❖

그사이 도착한 G는 한쪽에서 조용히 이야기를 듣고 있다가 L이 자신을 쳐다보자 쑥스러워하며 이야기를 이어받았다.

"제가 어떻게 우크라이나어를 읽겠어요. 그냥 인터넷에서 여러 번 본 악기라 찾아봤던 거죠. 그쪽에서 많이 내놓는 모델이거든요."

L은 사실 음악이나 아코디언은 G가 더 전문이라면서 한껏 추켜올렸다. 음악을 배운 적도 있을뿐더러 가르친 적도 있다는

것이었다.

손을 설레설레 젓는 G에게 "연주라도
한번"이라고 작게 말해보았는데 대답이
없었다. 괜한 실례를 했거나, 타이밍을 잘못
잡았나 보다 생각했다. 그러나 G가 이유를
댔다. 자기 악기는 A 타입이라 B 타입은
연주를 할 줄 모른다고 했다. A 타입은 또
뭐람?

A와 B가 어떤 차이인지 물어보니 버튼의
배열이 마치 거울에 비춘 것처럼 반대로 되어
있다고 했다. "왜 굳이?"라고 물었다. "일부러
서로 헷갈리게 하려는 뭐 그런 건가요?"

"글쎄요. 그건 잘 모르겠어요."

G가 모르는 건 그 자리의 아무도 몰랐다.

❖

　　G는 어릴 적 성악을 잠깐 해 예고에
가려 했을 뿐 음악을 했거나 가르쳤다는 건
과장된 얘기라고 했다. L이 말한 레슨도 20대
초반에 친구에게 해준 것이었다. 호기심에
아코디언을 산 친구가 좋아하는 노래 한
곡을 쳐보고 싶다 해서 어차피 피아노도
약간 치니까 건반 누르는 법을 알려주었다.
친구의 악기는 건반이 달린 피아노형
아코디언이었다.

　　"레슨비가 아코디언이었어요. 다
가르쳐주고 나면 악기를 넘긴다는
조건이었죠."

　　친구는 몇 주 뒤 짐을 처분하고 세계
여행을 떠날 계획이었다. 어차피 무거운
아코디언을 들고 갈 수는 없고 비싼 악기도

아니라 출발 전까지만 가르쳐주면 레슨비로
G에게 주기로 했다. 대략 한두 달 치 레슨비로
칠 만한 가격이었던 것 같다. 그렇게 해서
아코디언이 없는 그가 아코디언을 가르치게
되었다. 친구는 별로 가르쳐준 것도 없는 짧은
레슨에 충분히 만족스러워했다.

　　친구가 짐 정리를 마친 여행 하루 전
아코디언은 G의 것이 되었다. 묵직한 상자를
들고 나오며 그는 아코디언이 그렇게 무거운
줄 처음 알았다고 했다.

　　"처음 들어본 거였어요. 레슨 내내
아코디언을 멘 건 그 친구였으니까요."

　　집으로 온 G는 매일 조금씩 연습을 해보려
했지만 생각만큼 쉽지는 않았다. 다닥다닥
붙은 다세대주택에서 연습하려니 소리가
커 신경이 쓰였고, 오른손이야 얼추 됐지만
왼손은 통 늘지를 않았다. 그렇게 아코디언은

상자 안에 방치된 채, 차츰 꺼내기 귀찮은 악기가 되었다.

현재 꽤 유명한 영화감독인 ○○○가 그 시절 친구였는데, 어느 날 촬영용 소품으로 악기를 빌려 간 뒤로 가져오지 않았다. 두 사람 다 각자의 바쁜 일들로 연락이 뜸해졌고, 그렇게 악기도, 열의도 사라져버렸다.

이야기를 조금 더 듣고 싶었지만 촬영이 신경 쓰였다. G도 왔으니 우선 촬영을 먼저 하고 이야기를 더 듣는 게 좋겠다고 생각했다. 그러나 항상, 이야기를 끊지 못하는 것이 나의 약점이었다. 조금만 더 듣고 촬영을 하기로 했다.

❖

G에게 다시 아코디언 생각이 떠오른

건 20여 년이 지난 어느 날 조카와 이베이 검색을 하던 중이었다. 지인의 사업체에서 일하다 나와 혼자 새로운 일을 시작해보려던 시점에 코로나까지 터져 잠시 쉬던 중이었다.

"조카가 종종 이베이에서 자잘한 빈티지 소품 같은 것들을 사더라고요. 어떻게 하는 건지 물어봤어요."

처음에는 빈티지 나침반이나 카세트 플레이어 같은 것들을 검색해보았다. 그러나 당장 필요한 물건들도 아니었고, 평소 딱히 수집하던 것이 없으니 생각나는 것도 없었다. 그때 한쪽에 연관 검색으로 뜬 아코디언을 보게 되었다. 생각보다 매물로 나와 있는 아코디언들이 꽤 많고 그 종류도 다양하다는 것을 알게 되었다.

G는 인터뷰 내내 '처음에는 딱히 관심이 없었다'는 유의 말을 반복했다. 그건

뭐랄까 좋아하는 일을 직접 드러내는 걸
쑥스러워하는 것처럼도 들렸고, 이야기를 더
극적으로 하기 위해 밑밥을 까는 것도 같았다.
그가 예로 든 음악 이야기들도 마찬가지였다.
자신이 애호가라 말할 수준이 아니라고
했지만 언급하는 음악가들이나 음악이나
나로서는 전부 처음 듣는 이름들뿐이었다.

　　G는 값싼 버튼 아코디언 한 대를
사보기로 했고, 얼마 후 독일에서 중고 악기
한 대가 출발했다.

　　❖

　　처음 무언가를 구매하느라 고심해본
이들이 그렇듯 G도 자잘한 관련 지식에 눈을
뜨게 되었다. 악기들 간의 차이와 구조적인
특징들을 알게 되었고 아코디언을 직접

수리해가며 사용하는 아마추어 연주자들이 많다는 것도 알게 되었다. 심심할 때마다 영상들을 들여다보며 연구하다 보니 조금 낡은 악기가 온다 해도 고쳐보자는 배짱이 생겼다. 손으로 만드는 거나 고치는 일이라면 항상 좋아했기 때문이다.

몇 주 뒤 독일에서 온 악기는 상태가 양호한 편이었지만 버튼 몇 개가 뻑뻑해 누르면 다시 올라오지 않았다. G는 영상을 찾아보며 이 버튼들을 고쳤고, 작지만 뿌듯한 보람을 느꼈다. 낡아서 퀴퀴한 가죽 냄새가 나는 어깨끈도 바꿔보기로 했다. L을 만난 날도 이 악기의 어깨끈을 사러 수리점을 찾았던 것이었다.

낡은 악기의 내부도 열어보고 좀 더 많은 지식도 생기자 중고 아코디언을 검색하는 일이 그의 일과가 되었다. 아침이면 새로 뜬 물건들을 확인했고, 다양한 형태의 중고 악기들이 그의 눈앞을 스쳐갔다. 어떤 악기는 버튼 몇 개가 없었고, 어떤 악기는 바람통에 구멍이 나 있었다. 최근 말끔히 수리했다는 악기도 있었고, 양호해 보이지만 자신은 연주자가 아니라 확인할 길은 없다며 부품용으로 내놓은 악기들도 있었다. 그는 세계 어딘가에서 그렇게 끊임없이 아코디언을 내놓는다는 게 신기했다. 차츰 전설적인 회사명들에 익숙해졌고, 악기들의 사양과 거래 가격, 거래자들이 주로 무엇을 확인하는지 등을 알게 되었다.

번역기 활용에 익숙해지자 검색어를 바꿔보기도 했다. 자신이 찾는 '버튼 아코디언'을 영미권 외에서는 뭐라 부르는지 3~4개국의 언어로 찾아본 뒤 그쪽 매물들도 검색해보기 시작했다. 과연 더 많은 물건들이 나타나기 시작했다.

"독일에서는 크노프아코데온(Knopf-akkordeon), 이탈리아에서는 피자르모니카(fisarmònica), 프랑스에서는 아코데옹 아 부통(accordéon à boutons)이라고 해요. 종류에 따라 바얀, 가몬, 스퀴즈박스로 불리는 아코디언도 있고요."

그는 자신이 요즘 눈독을 들이고 있는 한 악기에 대한 이야기도 들려주었다. 어느 프랑스인이 경매로 올려둔 아코디언 한 대가 G의 관심을 온통 차지하고 있는 듯했다.

그의 휴대폰 속 사진으로 본 악기는 뭔가 달라 보이긴 했다. 나는 어딘지 고급스럽고, 고풍스러운 느낌이 나는 것 같다고만 말했는데, 그 이상 말할 수 있는 게 없었기 때문이다. 그러나 G는 "그렇죠?"라며 이 사람 뭘 좀 안다는 듯한 만족스러운 표정을 지었다.

❖

우리는 이쯤에서 이야기를 멈추고 사진을
찍기 시작했다. 소파의 방향을 살짝 틀어
외국 아코디언 연주자의 사진이 있는 책상
쪽이 배경으로 나오게 했다. 다들 아코디언을
한 대씩 들면 그림이 좋을 텐데 아쉽다고
하니, L이 악기가 더 있다고 했다. 쌓여 있던
가방들에서 악기 두 대를 더 꺼내 왔다. 나는
소파에 앉은 세 회원의 사진을 몇 장 찍고,
아코디언의 주름들을 활짝 펼쳐달라고 해
약간의 연출을 가미하기도 했다. 몇 분 뒤, 쓸
만한 컷은 웬만큼 건진 것 같았다.

그러나 이 첫날은 연주를 듣지는 못했다.
클럽의 모든 악기가 수리 중이었기 때문이다.

나는 자리를 정리하며 클럽 이름인
'마르셀'에 대한 정확한 설명을 부탁했다.

조용히 말이 없던 조카, J가 설명해주었다(J는
이 클럽에서 서기를 맡고 있다고 했다).

　"마르셀 아졸라라고 저희가 존경하는
프랑스의 아코디언 연주자가 있어요. 아뇨,
피아졸라는 반도네온 연주자이고 아르헨티나
사람이죠. 이분은 그냥 아졸라라고, 3년 전쯤
돌아가셨어요. 아쉬운 일이죠. 살아 계셨을 때
알았더라면 좋았을 텐데요."

　그는 《마르셀 아졸라의 일대기》라는
소책자를 쓰고 있다는 얘기도 해주었고,
저녁에는 내게 링크 하나를 보내주기도
했다. 꽤 긴 다큐 영상이었다. 편집팀에
기사를 정리해 보낸 뒤 주말에야 전체를
보았다. 말년의 마르셀 아졸라가 아름다운
정원이 있는 집에서 아코디언의 역사에 대해
이야기해주는 영상이었다. 볼이 불그레하고
온화해 보이는 노인은 회상에 잠긴 듯 설명을

이어가다 아름다운 연주를 곁들여 들려주곤
했다. 난생처음 아코디언 소리를 집중해
들어보았다.

❖

누이들과 바이올린을 배우던 마르셀
아졸라가 그만두고 아코디언을 택한
건 아홉 살 때였다. 그의 아버지는
이탈리아에서 만돌린 오케스트라를
지휘한 경험이 있는 아마추어 음악가였다.
자녀들에게 바이올린을 가르친 것은
만돌린과 조율 방식이 같아서였던 것으로
추정된다.
비로소 자신에게 맞는 악기를 찾은
마르셀은 빠르게 성장했다. 몇몇
스승들에게 기초 레슨을 받은 뒤 이미

열한 살에 지역의 크고 작은 무대에
올랐고, 1939년 쉬렌 콩쿠르에서 우승을
차지하기도 했다. 그러나 그해 가을
제2차 세계대전이 발발해 남쪽의 알프스
지방으로 피난을 떠나야 했다.

마르셀이 나치 점령하의 파리로 돌아온
것은 1년 뒤였다. 그는 술집이나 클럽에서
연주자로 활동하며 메다르 페레로, 자크
망델 등에게 계속 배웠다. 주로 당시
유행하던 무도회 음악이었던 뮤제트를
연주하던 그가 재즈의 어법을 익힌 것도
이 시기였다.

해방 후 연주 활동은 더욱 활발해졌다.
프랑스의 미 적십자 본부 행사에서도
연주했고, 독일에 주둔한 미군 부대의
전국 순회공연에도 참여했다. 1950년대에
라디오의 시대가 시작되자 그의 연주와

녹음 작업이 빛을 발했다. 여러 샹송 가수와 영화음악가 등이 그의 아코디언 소리를 원했다. 그는 에디트 피아프와 이브 몽탕, 쥘리에트 그레코와 연주했고, 자크 타티 같은 영화감독과도 일했다. 무엇보다 그는 자크 브렐 밴드의 아코디언 주자로 유명했다. 뒤로 갈수록 고조되는 곡인 〈브줄(Vesoul)〉을 연주할 때 브렐이 마르셀을 돌아보며 "불 지펴, 마르셀!"이라고 하는 부분을 사람들은 좋아했다. 그는 이 문구를 자신의 솔로 앨범 제목으로 삼기도 했다.

이 빛나는 시절 그의 품에는 늘 카바뇰로 사의 아코디언이 안겨 있었다. 당대의 여러 프랑스 아코디언 주자들처럼 그 역시 이 카바뇰로를 평생 애용하게 된다.

— 《마르셀 아졸라의 일대기》에서

❖

두 달 뒤, 친구 한 명이 아코디언에 관심이
있다고 해 함께 클럽에 들렀다. 기사에 쓰인
사진 한 장을 큰 사이즈로 출력해 선물로
가져갔더니 L이 무척 고마워하며 꼭 액자에
넣어 걸어두겠다고 했다. 우편으로 보냈던
잡지도 소파 앞 탁자에 잘 놓여 있었다.

나는 친구를 소개했고, 클럽 회원들은
이것저것 친절하게 전문적인 지식들을
알려주었다. 책상 위에 놓인 아코디언을
보며 감탄하는 친구의 모습에 내가 괜히
으쓱해졌다. G에게 전에 관심을 두던 그
아코디언은 샀는지 물어보았다. L이 밝은
얼굴로 끼어들었다.

"그사이 무슨 일이 있었는지 한번
물어보세요."

아마 경매에 결국 참여한 모양이었다.

G가 매료된 그 아코디언은 마르셀 아졸라와 관련이 있었다. 이베이에 뜬 악기를 본 순간 마르셀 아졸라가 연주하던 모델이라는 것을 즉시 알아보았던 것이다. 대체 그런 걸 어떻게 기억하고 알아보는 걸까? 내게는 지금도 비슷비슷한 '아코디언들'로 보일 뿐인데 말이다.

G는 사실 영상으로 아졸라의 연주를 볼 때만 해도 프로 연주자들의 악기는 굉장히 고가일 거라고만 생각했다. 아니면 이제는 구하기 힘든 옛 시절의 희귀한 악기일 거라 생각했다. 그러나 어느 프랑스인이 경매로 내놓은 악기는 분명 아졸라가 연주했던 브랜드, 그 시대의 모델이었다.

가격 역시 희망을 갖게 했다. 결코 싼 건 아니었지만 G처럼 열심히 일해온 사람에게

구입 불가능한 금액은 아니었다. 판매자의
설명은 간략했다. "괜찮은 상태의 카바뇰로.
바람통 상태 좋음. 현재도 충분히 연주 가능."
G는 정확히 어떤 모델인지, 언제쯤 생산된
것인지 열심히 검색해 알아보았고 어느
정도 마음을 정했다. 물론 중고 악기라는
위험부담이 있었다. 그러나 수리하기 위해
아코디언 한두 대를 열어보고 나니, 약간
아쉬운 점이 있더라도 사서 조금씩 고쳐보고
싶다는 생각이 들었다.

그의 뒤숭숭함은 경매가 마감을 앞둔
밤에 절정에 이르렀다. 조카는 비슷한 물건이
또 올라올 테니 진정하라고 했지만, 그가
검색해본 이래 그 모델을 본 건 처음이었다.
다시는 없을 희귀한 기회라는 생각이
강해졌다. 그는 경매라는 방식의 매력, 중고
악기 거래가 사람을 당기는 매력에 고스란히

끌려들고 있었다. 적은 금액 차로 망설이는 사이 어느 노련하고 과감한 구매자에게 행운이 돌아가고 자신은 영영 후회할 거라는 아찔함이 밀려왔다.

"직전에 아주 과감한 금액으로 베팅을 하려고 하시는 거예요. 제가 극구 말렸죠."

J의 말이다. 조카의 설득에 G는 판매자가 올려둔 금액보다 5퍼센트 높은 입찰가로 참가해보기로 했다. 시작가가 그 정도에 올라온 것은 그만한 물건이라서 그런 거라는 J의 말에 마음을 진정시켰다.

마감 1분 전, 지금이라도 금액을 더 올려야 하나 싶은 조바심이 몰려들었다. 뒤이어 더 이상 어떤 판단을 내리기도 힘들 만큼 멍해진 사이 시간이 지나 있었다. 화면이 사라지며 잠시 전환되는 과정이 있었다. G는 마음을 비운 채 경험으로 여기자고 생각했다. 최소한 이런 모델이 어느 정도에 거래되는지는 알게 될 것 아닌가.

그러나 전환된 화면은 믿기 힘들었다. G에게 아코디언이 낙찰되었다는 축하 문구가 떴다. 3일 안에 입금하면 아코디언은 당신의 것이라는 안내문도 있었다.

"웬걸요. 그날 밤 경매에 몇 명이 참여했는지 아세요? 저 하나였어요. 프랑스에서 전화라도 올까 봐 덜컥 겁이 나더라고요. '죄송합니다. 뭐가 좀 잘못되어서 다시 하겠습니다.' 이런 전화 말이에요."

더 놀라운 것은 금액이었다. 아직 시작 가격으로 표시되어 있어 곧 수정을 해주겠지 하며 기다렸다. 그런데 조카가 이것저것 알아보더니 펄쩍 뛰며 좋아했다. 한 사람만 참여했기에 시작 가격에 낙찰된 것이 맞는다는 거였다.

G는 얼떨떨하게 흥분이 되면서도 한편으로는 일이 너무 쉽게 진행되는 점이 불안했다. L도 그런 감정에 공감했다.

"평소 좋은 일이 많았어야 이런 일도 믿긴다니까요."

G는 이상하게도 자꾸 판매자에게 감정이입이 되었다. 사진 속 아코디언 뒤에는 생활의 느낌이 엿보이는 거실이 배경으로 보였다. 자세히 보면 낡은 소파와 티브이가 어느 회사 제품인지도 알 수 있을 것 같았다. 어쩌면 그 판매자는 경험 삼아 이베이에 악기를 올렸다가 낭패를 본 건지도 몰랐다. 프랑스의 어느 딱한 노인이 실수로 귀중품을 헐값에 잃어버리고 주저앉아 있을지 모른다는 생각까지 들었다. 그 어디에도 판매자가 노인이라는 말은 없었는데도 말이다.

G는 조카가 말리지 않았더라면 가격을 더

엊어줄 생각도 있었다고 했다. 그러나 전자
상거래 시스템의 절차는 정확하고 냉정했다.
안내문을 다시금 읽어봐도 역시나 결제만
하면 그 아코디언은 그의 것이었다.

"지금 생각하면 우습죠. 조카 말마따나
그분은 그 정도 받아도 되는 물건이니까 그
가격에서 시작한 걸 텐데 말이에요."

그는 판매자가 마음을 바꾸기라도 할까
봐 서둘러 결제를 마쳤다.

❖

문제는 예상 못 한 곳에 있었다. 배송
불가 지역에 대한민국이 없기에 당연히
배송이 가능한 줄 알았다. 그러나 배송
안내 한구석에는 "지역 내 판매"라는
문구가 있었다. 처음에는 설마 했는데 점점

불안해졌다. 조카는 별문제가 되지는

않을 거라며 금방 '배송 대행지'라는 것을

만들어주었다. 해외 구매를 위해 만드는

'가상의 주소' 같은 거라고 했다. 샤를 드골

공항의 어느 물류 창고에 그의 주소가 생겼다.

　낙찰받은 새벽, 두 사람은 열심히 계정의

주소를 배송 대행지로 바꾸어 입력했고, 그

프랑스인에게 확인 메시지도 보냈다. 비록

프랑스는 아니지만 물건 받는 데에는 전혀

문제가 없을 거라고.

　놀랍게도 금방 답장이 왔다. 짧은

답신에서는, 뭐랄까, 동네에서 벌인 잔치에

해외의 참석자가 올 줄 몰랐다는 듯한

당혹감이 묻어났다.

　"게다가 다른 문제도 있었어요. 무슨 인증

문제 때문에 그 프랑스인이 입금 확인을 못

하고 있었던 거예요. 제가 입금 확인증을

보내니 꽤나 난감해하더라고요."

그는 프랑스의 개인 판매자들이 약국이나 꽃집처럼 집 근처의 지정 장소로 배송해주는 택배 서비스를 즐겨 이용한다는 걸 알게 되었다. 불안해졌다. 아코디언이 샤를 드골 공항 인근의 약국이나 꽃집으로 배송된 뒤 분실되어 버리는 상상이 떠올랐다.

이때부터 문제를 조율하기 위해 G와 프랑스인의 긴 대화가 시작되었다. G는 번역기를 이용해 꾸준히 메시지를 보냈고, 그쪽도 바로바로 답장을 보내왔다. 시원하다고 할 만한 대화는 아니지만 꾸준히 답장을 보내온다는 점에서 판매자가 사기꾼은 아니라는 확신이 들었다. 그저 예상하지 못한 일에 긴장하고 있는 것 같았다. G는 당황한 그가 이 거래를 단념하지 않도록 현지 시간을 확인하며 '봉주르'와 '봉수아'를 구분해

메시지를 보냈다.

　　마음 한쪽에서는 역시나 그럴 줄
알았다는 실망감이 밀려온 게 사실이었다.
그러나 판매자가 꼬박꼬박 '모르겠다', '나도
좀 찾아보겠다'는 식의 대답을 해오니까
G도 희망을 가지게 되었다. 어서 프랑스인의
인증 문제가 해결되어 입금이 확인되었다는
메시지가 오길 기다렸다.

　　며칠 후 온 메시지는 그를 낙담시킬
만했다. 인증 문제는 여전히 해결이 안
되었고, 자신은 바캉스를 떠나야 한다는
것이었다. 8월 말에 돌아오니 그 뒤에 다시
이야기하자고 했다. 8월 말. 한 달 뒤였다.

　　G는 성급히 답장을 보내려다

프랑스인의 바캉스 문화에 대한 글을
이것저것 검색해보았다. 읽어볼수록 심란한
내용뿐이었다. 그 글들에 묘사된 프랑스는
마치 여름 내내 택배를 비롯한 모든 사회
시스템이 마비되고, 그 분위기가 초가을까지
이어지는 것 같았다. 그들의 행정 절차가
얼마나 느리고 자의적인지, 역사와 문화의
차이로 고객 응대 못지않게 노동자의 휴식을
중시한다는 분석이 이어졌다. 어떤 글은 그
배경을 프랑스혁명으로까지 거슬러 올라가
찾고 있었다. 유학생들 사이에는 프랑스에
도착하면 짐 풀기 전에 서류부터 처리하라는
격언도 있다고 했다.

　　G는 거래를 그만 단념하고 환불을
받으려다 생각을 바꾸었다. 프랑스인이 잊지
않도록 다시 한번 송금 확인서를 보낸 다음
덧붙였다.

— 본느 바캉스!(좋은 바캉스 보내기를!)

G는 자신의 마음이 전과 다르다는 걸
느꼈다. 내내 그 아코디언 없이 살아왔지만
이제는 소유했던 아코디언을 잃어버린
심정이었다. 게다가 한 달이라는 바캉스
기간이 1년처럼 아득해 보였다. 날짜만
기다리다가는 정신 건강에 좋지 않을 것
같았다. 같은 기간 동안 바캉스라도 떠나야
하나 생각도 해보았지만, 그런다고 기다림이
해결될 것 같지는 않았다.

G는 아코디언이 도착한 이후에 할
일들을 미리 준비하기로 했다. 혼자
운지법을 공부하며 이것저것 찾아보았고,
L의 아코디언을 좀 더 수리해보기로 했다.
국내에서 구하기 힘든 부품들이나 수리에
필요한 공구를 주문했고, 마르셀 아졸라의
스승이었던 메다르 페레로가 쓴 오래된

교재를 주문하기도 했다. 물론 이번에는 국제
배송이 되는지를 꼭 확인했다.

❖

"잠깐 이것 좀 보실래요?"

수리 이야기가 나오자 L이 기다렸다는 듯
우리를 책상 쪽으로 데려갔다. 덮어놓은 붉은
천을 들추자 그 밑에 바람통과 몸체가 분해된
아코디언 한 대가 놓여 있었다. 지난번 사진
촬영 때 들고 찍은 악기 중 하나였다.

클럽이 만들어진 이래 이들의 관심이 꽤
넓은 곳까지 흘러갔다는 걸 알 수 있었다.
L은 아코디언의 구조와 조율 방식 등을 잠깐
설명해주었다. 그곳에는 '하모니움'이라는
악기도 있었는데, 인도에서 많이 쓰는 악기로
작은 피아노 같은 모양에 바람통이 뒤쪽으로

달려 있는 형태였다. 아코디언 클럽은
바람통을 사용하는 악기들의 구조와 문화에
흠뻑 빠져 있는 듯했다.

G가 설명했다. "이 하모니움이 꽤나
희망을 주었어요. 흔히들 중국이나 인도
같은 곳에서 물건을 살 때는 각오하라는
말들이 많잖아요. 웬걸요. 가장 빨리, 가장
단단히 포장되어 도착했어요. 여기 있는 이
아코디언들, 다 다른 곳에서 왔어요."

독일의 올덴부르크, 우크라이나의
테르노필, 프랑스의 뮐루즈에서 출발한
악기들이 서울의 비좁은 사무실 한구석에
조용히 모여 있었다. 그러나 G가 보여준
판매자들의 사진들 속 풍경도 크게 다르지는
않았다. 식탁 위에 세워놓고 초점이 나가게
찍은 사진들, 소파 뒤로 보이는 어수선한
집안 풍경들이 그곳의 분위기를 짐작게 했다.

판매자들은 자신이 사는 도시의 이름이
누군가에게 이국적이고 신기하게 다가올
거라는 사실을 전혀 모르고 사는 것 같았다.
오히려 그들에게는 서울이라는 도시로 자신의
악기가 간다는 게 낯설게 느껴졌을지 모른다.

　　친구와 내가 가장 놀랐던 악기는 단연
우크라이나에서 온 악기였다. G는 L의
아코디언과 같은 모델이 여전히 우크라이나나
러시아, 동유럽에서 매물로 많이 올라온다는
걸 알고 있었고, 결국 저렴하게 올라온 부품용
매물 하나를 찾아냈다. 연주용으로 쓰기에는
너무 낡고, 수리하기에는 비용이 드니
부품이 필요한 동일 모델의 수리에 쓰도록
내놓는 악기들이었다. 양쪽 다 같은 부분이
고장 나 있으면 어떡하느냐고 물으니 그건
복불복이라고 했다.

　　클럽 회원들은 엄연히 전쟁 중인

나라에서 물건을 구입하는 것이 맞는지 싶어
망설였다고 했다. 배송이 안 될까 걱정한 게
아니라 그 와중에 이런 걸 사고파는 게 옳은
일인가 싶었던 것이다. 우크라이나 판매자가
사는 도시는 키이우에서 서쪽으로 몇 시간
떨어진 비교적 안정된 곳이었지만 뉴스에서
본 지도의 빨갛게 표시된 전투 지역들이
그리 멀지 않아 보였다. 배송이 좀 늦어질
수 있다고 했지만 그 부품용 아코디언은
생각보다 빨리, 무사히 도착했다.

❖

　문제는 낙찰받은 아코디언이었다. G는
8월 내내 그 아코디언을 기다렸다. 유독
올여름에는 전 세계에 기상이변이 많았다.
유럽도 다르지 않았다. 뉴스에는 중남부

이곳저곳에서 번지고 있는 산불 영상과 함께 온열 질환으로 사망한 노년층의 인구가 그래프로 떴다. 그는 그 프랑스 판매자가 사는 지역이 빨갛게 표시된 것에 놀라는 동시에, 이런 상황에서 악기 배송이나 걱정해도 되는 것인지 죄책감을 느꼈다. 뉴스 속 세상은 빠르게, 눈에 띄게 변하고 있었다. 그러나 한편으로 세상은 놀라울 만큼 일상적이었다.

뒤숭숭한 일은 또 있었다. G가 아코디언을 낙찰받은 뒤 마치 어딘가에 숨어 있었던 것처럼 카바뇰로를 내놓는 사람들이 속속 나타난 것이다. 조카의 말대로 역시나 G가 구입한 것은 유일한 카바뇰로가 아니었다. 다행인 점은 그 다른 악기들은 G가 낙찰받은 아코디언보다 과하게 비싸거나 어딘지 낡아 보였다는 것이다. 사진으로 본 거라 진실은 알 수 없었지만, G는 그렇게 믿기로 했다.

8월이 끝나갈 무렵 드디어 프랑스인의 바캉스도 끝났다. G는 예의상 하루를 더 기다렸다가 메시지를 보냈다. 금방 답이 왔다. G는 자신이 맞게 읽은 건지 다시 확인했다.

미안하다고, 그냥 안 사면 안 되겠느냐는 메시지였다.

❖

1990년대 초 프랑스 중부의 한 수도회에서는 한국인 수녀 한 명이 입소한 뒤로 꾸준히 한국인 수도자가 늘기 시작했다. 성직을 희망하는 인구가 줄어들며 유럽의 수도원들마다 성직자들이 급격히 고령화되는 추세였다. 운영의 어려움으로 중세 때부터 유지해온 건물이 매각되는 일도 생겨났다. 이 와중에 새로 입소한 젊은 수도자들의 역할은 막중해졌다. 한국 수녀님들은 지난 30년간 한국과 프랑스를 오가며 열정적으로 활동했고, G가 어릴 적부터 알고 지낸 수녀님도 그중 한 분이었다.

"성당에 나간 지가 꽤 되었거든요. 이런 일로 연락드리고 싶진 않았어요."

하지만 프랑스인 판매자가 판매를 단념하려 하자 이 마지막 카드를 만지작거리게 되었다. 한나절 정도는 송금한 돈을 반환받고 말끔히 마음을 비우려 했다. 가족들과 동해안으로 늦은 여행을 가기로 약속했기에 머릿속이 가뜩이나 어수선했기 때문이다. 여행지로 출발하기 전에 결정을 내리기로 했다. 그러나 이미 환불이 쉽지 않다는 걸 알게 되었다. 바캉스를 기다리는 사이에 환불 서비스 기한이 지나버려 취소 절차도 복잡해졌다.

"해안에 앉아 있는데 바다는 전혀 눈에 들어오지 않았어요."

그는 휴대폰의 세계 시계를 수시로 확인하다가 프랑스의 웬만한 사람들이 다 일어났을 시간에 천천히 수녀님에게 메시지를 보내기 시작했다. 저녁 즈음 프랑스로부터 답이 왔다. 물론 가능하다고, 도움을 줄 수 있어 기쁘다는 메시지였다.

이 사실을 프랑스인 판매자에게 전하자 그도 다시 한번 의욕을 찾았다. 수도원 연락처를 알려주면 직접 통화를 해보겠다고 했다. 그렇게 해서 판매자와 한국인 수도자 사이에 통화가 이루어졌다. 무슨 대화가 오갔는지는 알 수 없지만, 놀랍게도 다음 날 아코디언을 배송했다는 메시지가 왔다. 그토록 배송이 힘들었던 이유 중 하나는 송금한 금액을 판매자가 확인하지 못하고 있기 때문이었다. 그런데 무슨 일인지 이번에는 확인도 하기 전에 악기가 출발했다.

즉시 배송 추적이 가능해졌다. 택배사에 접수된 악기는 하루 뒤에 프랑스 남부의 퓌보라는 동네를 떠났다. G는 물건이 움직이는 과정을 마음 졸이며 지켜보았다. 낯선 이름의 장소들이 하나씩 경로에 뜰 때마다 그의 희망도 커졌다.

배송 추적에 필요 이상으로 집착하는 사람이라면 G가 해외 배송 추적에서 느꼈을 조바심과 기대감을 이해할 것이다. 그는 얼핏 들어보기만 했던 도시들을 자신의 악기가 한곳 한곳 거쳐 가고 있다는 게 신기했다. 어떤 곳인지 구글에서 찾아보기도 했다.

"판매자가 살던 곳은 인구가 만 명밖에 되지 않는 아주 작은 동네였어요. 며칠 뒤 큰 도시인 마르세유에 도착해 있더라고요."

구글로 검색해 본 마르세유의 사진 속에서는 화창한 햇볕 아래로 요트가 가득 정박되어 있었다. 자신의 아코디언이 그곳 어딘가에 있었다. 계속 여러 지역의 분류소를 거친 악기는 이틀 뒤 갑자기 북쪽의 랭스에 다시 나타났다. G는 구글에서 잔 다르크가 샤를 7세의 대관식을 지켜보았던 대성당 사진을 한참 들여다보았다.

닷새 후 수녀님에게 메시지가 왔다. 픽업하러 간다는 이야기일 줄 알았는데, 놀랍게도 벌써 수도원으로 가져왔다는 내용이었다. 픽업 장소에서 직원이 도와줘 차 트렁크에 무사히 실었고, 포장도 튼튼하게 잘되어 왔다고 했다.

G는 볕이 잘 드는 수도원의 침대에 놓인 아코디언 사진을 감격스레 들여다보았다. 이미 집에 도착해 있는 기분이었다. 악기는

판매자가 올린 사진으로 보았을 때보다 훨씬 화려하고, 외관도 깔끔해 보였다. 아니, 반짝반짝한 것이 새것 같았다. 프랑스는 먼 곳이었지만 그는 이미 악기가 안전 구역으로 넘어온 것처럼 여겨졌다.

악기가 오면 열심히 연습을 해봐야겠다고 생각을 한 것도 그때부터였다. 여러 아코디언을 들여다보던 그의 열정이 이상하게도 이 카바놀로로 몰렸다. 악기의 상태만 괜찮다면 이제는 집중해 본격적으로 연습을 하고 싶어졌다.

— 한국으로 보낼 방법을 같이 생각해봅시다.

수녀님이 메시지를 남겼다. 며칠 뒤 프랑스인 판매자에게서도 메시지가 왔다. 다행히 인증 문제가 해결되어 송금한 금액을 받았다고 했다. 두 사람은 나름 시원섭섭한

마지막 메시지를 주고받았다. G는 좋은
악기를 갖게 되어 기쁘다고 잘 쓰겠다고
보냈고, 프랑스인은 한결같이 친절하면서도
다소 간단해 보이는 메시지를 남겼다.

— 봉 뮈지크!(좋은 음악 하길!)

❖

　이전보다 훨씬 마음이 놓인 건
사실이었지만 G의 악기는 여전히 머나먼
해외에 있었다. 지인의 손에 들어온
것만으로 한숨 돌렸으니 너무 늦어지기
전에 배송 방법을 찾아보기로 했다. 세관을
통과하는 이상 이 중고 악기는 수입품이나
마찬가지였다. 예상했던 대로 꽤 많은 관세가
붙었다.

　수녀님은 곧 한국으로 들어갈 유학생이

있는데 그쪽 이삿짐과 함께 보낸다는
아이디어를 냈다. 그러나 며칠 뒤 알아보니
일정이 바뀌어 좀 더 있다 들어간다는
거였다. 게다가 이삿짐에 섞는다고 통관이
쉬워지는지도 알 수 없었다. 웹에는 자신이
오래 연주해온 악기라는 걸 증명하려고 세관
앞에서 잠시 기타 연주를 했다는 일화도
있었다.

　"이참에 프랑스 한번 다녀와. 직접 가져와
버려!"라고 말하는 화끈한 지인도 있었다.
그러나 팬데믹으로 인해 해외여행 절차는
아직 복잡했고, 괜히 기분만 냈다가 악기값의
몇 배를 써버릴 수도 있었다. 아무래도 처음
각오대로 몇십만 원의 배송료와 관세를 내는
게 낫다는 생각이 들었다.

　　그러나 수녀님은 좀 더 기다려보자고
했다. G의 평소 경제력은 호기심에 덜렁

악기를 사거나 배송에 몇십만 원 정도를
가볍게 써버릴 만큼은 아니었다. 내내 아끼고
절약하며 살아온 인생이었다. 다만 이번 일은
평소와 다르게 G로서도 모처럼 과감히 기분을
낸 일이었다. 그런데 수녀님과 연락하다 보니
다시 평소의 그로 돌아가 버렸다. 그는 자신이
기분에 따라 과감히 돈을 쓰고 있다는 걸
타인에게까지 보이고 싶지는 않았다. 그래서
좀 더 방법을 찾아보기로 했다.

정 안 되면 수녀님이 내년 여름쯤
귀국할 때 직접 갖고 오겠다고 했다.
그러나 무게도 굉장할뿐더러 그때까지
기다릴 수 있을까 싶었다. 내년 여름까지는
프랑스인의 바캉스와는 비교가 되지 않는
긴 시간이었다. 낙찰된 아코디언보다 좋은
조건의 카바뇰로들이 꾸준히 나타나고도
남을 시간이었다. 이런 일은 기분이 한창일

때 해결해야 했다. 시간이 흐를수록 비싼
배송비는 더 아깝게 느껴질 게 뻔했다. 역시나
애초의 비용을 부담하고 빨리 받는 게 나을 것
같았다.

❖

이번에는 정말 조카 J가 방법을 찾아냈다.
프랑스에 거주하는 한인 유학생들의 짐
배송이나 이사 업무를 대행하는 국내 업체가
있다는 것이었다.

파리에 사무소를 둔 이 회사는 프랑스
내에서 유학생들이 의사소통이나 복잡한
행정 절차로 인해 겪는 고충을 대신 해결했다.
고객은 그저 소포의 크기와 무게를 잰 다음,
포장을 꼼꼼히 하고 담당자가 메일로 보내준
송장을 출력해 짐에 붙인 뒤 프랑스 우체국인

'라 포스트'에 '아무 말 없이' 맡기면 되었다.
이후 파리의 본사에 짐이 도착하면, 검수를
거쳐 곧바로 인천공항행 비행기로 발송하는
시스템이었다. 담당 관세사도 있어 세금
문제까지 처리하고 있었다.

G는 홈페이지 하단의 주소를 보았다.
놀랍게도 국내 사무소가 바로 옆 동네였다.
그런 '국제적' 사무소가 있을 만한 동네로
보이지 않았는데, 세상에는 참 다양한 일이
돌아가고 있구나 싶었다.

G가 보낸 메시지에 금방 답변이 도착했다.
배송이 가능하다며 서비스를 이용해주어
감사하다는 친절한 답변이었다. G는 자신은
프랑스 유학생이 아니고, 그저 프랑스의
친척이 보내주려는 물건을 마지못해 받아야
하는 사람이라는 듯 설명했다. 주로 유학생
일을 처리하는 업체라니 왠지 학생 신분의

서류를 요구할 것 같았기 때문이다. 또
이베이에서 경매로 구입한 물건이라고
얘기하면 예외 없이 고가의 배송료와 관세가
불가피하다는 답변이 돌아올 것 같았다.
그러나 물품의 사진이 있으면 보내 달라는
답변만 간단히 왔다. 수도원 침대에 놓인
아코디언과 악기 케이스의 사진을 전송했다.
잠시 뒤, 이만하면 케이스도 튼튼해 보이니
잘 포장만 해주면 충분히 초과 비용이나 관세
없이 배송이 가능할 것 같다는 답변이 왔다.

　　이튿날부터 담당자의 안내에 따라 배송
준비가 시작되었다. 한국과 프랑스의 수도원,
택배사 세 곳이 메신저로 손발을 맞추었다.
택배사에서 보낸 안내문을 G가 받아 수녀님께
전하면, 수녀님이 아코디언을 상자에 넣고
충전재를 넣은 다음, 포장해 매직으로 어디가
위쪽인지 화살표를 그리는 식이었다.

G는 배송 중에 버튼이 잘 고장 난다는 이야기를 들은 적이 있어 마스킹 테이프로 버튼을 고정하는 법을 찾아 수녀님에게 조심스레 설명드렸다. 그러나 수녀님은 케이스가 워낙 튼튼해 문제없을 거라며 안전한 배송을 장담했다.

곧이어 수도원의 컴퓨터에서 출력된 송장과 취급 주의 마크가 겉면에 붙었고, 주말이 지난 월요일, 드디어 '라 포스트'에 접수했다는 연락이 왔다.

파리의 사무소에 도착했다는 안내 문자가 온 것이 바로 우리가 방문했던 날의 오전이었다. 포장이 문제없는지 한 번 더 검수를 마친 뒤 며칠 안에 비행기를 탄다는 메시지였다. G는 자신의 악기가 탑승구에 줄을 서 있는 상상을 했다. 경매에 참여했던 날부터 한국으로 출발하게 되기까지 많은 일을 넘어왔다는 게 믿기지 않았다. 중간중간 단념하려 했던 생각을 하니 아찔하기도 했다. 이제 큰일은 해결된 듯했다. 문득 시차를 가리지 않고 메신저로 보내오는 택배사의 메시지는 파리에서 오고 있는 것인지, 옆 동네의 사무실에서 오고 있는 것인지 궁금했다.

❖

1900년에서 1960년까지를 보통 아코디언의 황금기라고 한다. 이 악기는 대중음악의 연주와 녹음에도 많이 쓰였지만 일반 가정에도 많이 보급되었다. 수요가 많아지며 공장 창립자의 2세들은 공장의 규모를 늘렸고, 더 나은 디자인과 새로운 기술을 개발했다. 거장과 스타 연주자들이 생겨나며 연주법도 차츰 발전했고, 악기의 외관과 작동 스타일 역시 다양한 문화권에서 취향에 맞추어 변해왔다.

그러나 세계 음악 시장의 변화와 함께 아코디언의 인기도 시들해졌다. 말하자면 로큰롤의 시대가 온 것이다. 아코디언 회사를 맡은 3세 경영자들은 혁신을 거듭하며 생존법을 모색했지만 결국 합병되거나 다른 회사에 인수되었다. 많은 전설의 브랜드들이 큰 회사로 흡수되었다. 집집마다 보급되었던 아코디언도 시대의 변화와 함께 이전 세대의 악기가 되었다. 부모님과 친척 어르신의 아코디언들이 다락과 차고에 보관되었다. 작은 규모로 전통의 명맥을 이어온 나라들도 있었다. 프랑스의 음악학교들에서는 꾸준히 아코디언을 가르쳤고, 이탈리아의 공방들은 계속 고품질의 수제 부품과 악기들을 생산했다. 러시아 또한 클래식 연주용 고급 악기들이 발달한 나라 중 한 곳이었다.

마르셀 아졸라는 시대의 변화를 실감하면서도 성실히 연주하고 학생들을 가르쳤다. 1979년 펑크록 밴드 섹스 피스톨즈의 시드 비셔스가 발표한 〈대영제국의 무정부주의(Anarchy in the U.K.)〉 프랑스어 버전에서 마르셀 아졸라의 반주를 들을 수 있다. 그가 로큰롤 시대에도 활동했다는 증거이다. 아졸라는 오르세 음악원에서 20여 년간 학생들을 가르쳤고, 각종 재즈 페스티벌에서 꾸준히 모습을 드러냈다. 프랑스 정부는 평생을 아코디언에 바친

이 예술가에게 문화예술훈장의 최고
등급인 '코망되르'를 수여했다.
그는 2019년 파리에서 91세의 나이로
세상을 떠났다. 그의 동반자였던
피아니스트 리나 보사티가 "그의 심장이
기능을 다했다"는 표현으로 그의 죽음을
알렸다.
아코디언 회사 카바뇰로도 거센 시대의
물결을 피할 수 없었지만 여전히
살아남아 100년이 넘은 기업으로
연주자들에게 사랑받고 있다. 회사의
홈페이지는 마르셀 아졸라가 자사의
악기를 사용했다는 것을 자랑스레
홍보하고 있다.

　　　　　─《마르셀 아졸라의 일대기》에서

❖

그날 아코디언에 관심이 있어 함께 갔던 친구는 너무 많은 이야기에 질려버렸는지 구입은 조금 더 생각해 봐야겠다고 했다. G는 모든 아코디언이 그렇게 구하기 힘든 건 아니라고 자신이 괜한 이야기를 했나 보다며 웃었다.

며칠 뒤 나는 G로부터 아코디언이 무사히 왔다는 문자메시지를 받고 한 번 더 구경하러 방문했다.

G는 세월의 흔적이 느껴지는 나무 상자의 잠금장치들을 풀었다. 위쪽의 뚜껑이 열리며 안에서 반짝이는 이빨의 검은 아코디언이 모습을 드러냈다. 조심스럽게 들어 무릎에 올려놓자 비로소 전체 형태가 보였다.

부드러운 곡선으로 마감된 검은색 몸체는 펭귄이나 범고래를 연상케 했고, 오른쪽은 복잡한 무늬를 새긴 금속 덮개로 덮여 있었다. 그 밑에 자개로 된 버튼들이 조금씩 다른 빛을 반사하며 빼곡하게 박혀 있었다.

"그쪽 말로는 나크르라고 해요. 진주모(珍珠母)라고도 하는데, 일종의 자개 같은 재질이죠. 연주하다 손에 땀이 나거나 해도 미끌거리지 않는다고 해요. 이쪽은 이 회사 특유의 그릴인데, 아라베스크 무늬로……."

나는 유심히 악기를 들여다보았다. 흥분과 쑥스러움이 뒤섞인 G의 설명은 너무 전문적이라 여전히 머리에 들어오진 않았지만 이것이 그간 들어온 이야기의 주인공이구나 하는 기분은 충분히 느낄 수 있었다. G가 하나 더 보여줄 것이 있다고 했다.

조카가 조심스레 봉투 하나를 가져와
안에 든 것을 보여주었다. 엽서 크기의
흑백사진에는 포마드를 바른 연주자가 활짝
웃는 얼굴로 아코디언을 메고 있었고, 그
위에는 휘갈겨 쓴 사인이 있었다. 1980년대에
마르셀 아졸라가 자신의 옛 홍보용 사진에
서명한 엽서였다.

G는 프랑스인 판매자가 늦어서
미안하다고 동봉한 선물이라며 자신의 거래가
완벽했음을 알리는 흐뭇한 표정을 지어
보였다.

그날 나는 이 악기의 소리를 들어볼
수 있었다. G는 이제 막 연습을 하고 있어
잘하지는 못한다며 〈뮤제트의 여왕〉이라는 곡
앞부분을 들려주었다. 그리고 L에게 연습하던
곡을 해보자고 눈짓을 보냈다. 그렇게 L의
수리된 아코디언 소리도 처음으로 들어보게

되었다.

바람통이 벌어지며 주름 안쪽을 마감한
붉은 천과 하얀 천이 드러났다. 두 아코디언이
크고 느릿한 소리로 공간을 채우자 괜히
가슴이 두근거렸다. 아직 연습 중이라는 두
사람의 이중주는 숨이 넘어갈 듯 멈췄다 다시
이어지곤 했다.

두 악기 모두 손볼 곳이 아직 많다고 했다.
나는 그래도 그 오랜 세월을 거쳐온 악기가
이렇게 이곳에서 소리를 내고 있다는 것이
신기하기만 했다. 이들이 오랫동안 천천히
모든 과정을 즐기며 나아갈 거라는 걸 알고
있었다.

연주가 끝나자 두 사람은 천천히
바람통을 닫았다. 아코디언들에서 쉬이―
하는 바람 소리가 나며 주름이 움츠러들었다.
조심스레 버클을 잠근 두 사람은 악기를

소파에 내려놓지 않고 잠시 안은 채
내려다보고 있었다. 두 사람 다 자신들의
악기가 품 안에 있다는 게 여전히 믿기지 않는
얼굴들이었다.

작가의 말

무언가에 빠져 있으면 할 말이 많아진다. 그리고 나누고 싶어진다. 이 단편의 소재를 찾고 있을 때가 그랬다.

나는 중고 버튼 아코디언 한 대를 사놓고, 흔히 그래왔듯 연습에 집중하기보다 관련 지식을 늘리고 있었다. 누군가 쿡 찌르기만 하면 여러 이야기를 할 준비가 되어 있었다.

'지금 가장 흥미롭게 쓸 수 있는 것을 쓰자'는 내 글쓰기 모토에 따르면 아코디언에 관해 쓰는 게 맞았다. 그러나 나는 이

고풍스러운 악기는 후순위로 밀어놓고,
동시대의 더 보편적이고 시사적인 소재들을
찾아보았다. 팬데믹과 사회 곳곳의 징후들,
심상치 않은 세계정세, 아니면 인공지능?

　　그러나 어느 날 마음에 한 장면이
떠오르더니 계속 생각이 났다. 서울 어느
변두리 동네의 피아노 학원에 어른 한 명이
앉아 있고 주위로는 아이들이 뛰어다니고
있었다. 그는 자기 아코디언이 배송되길
기다리며 빌린 아코디언으로 더듬더듬
연습하고 있었다. 그 표정은 부러울 만큼
행복해 보였고, 그 행복은 그의 악기가
도착하던 날 최고조에 이른다.

　　나는 점점 그 인물의 사연에 대해
써보자는 쪽으로 마음이 기울었다. 조그만
행복을 꾸려가는 상상 속 사람들을
들여다보고 싶었다. 그렇게 마르셀 아코디언

클럽이 생겨났다.

　이 이야기에는 내가 음악을 하며 주위에서 아코디언을 접했던 경험, 아코디언 회사 홈페이지 등에서 읽은 정보들, 중고 아코디언을 사서 수리를 맡기며 알게 된 지식이 담겨 있다. 그러나 전체적으로는 허구이다. 물론 이렇게 말해도 마르셀 아코디언 클럽이 어느 동네에 있는지와 같은 질문을 받을 때가 있다. 이 단편에서 실화로 보이는 건 의외로 허구이고 허구로 보이는 건 실화일 가능성이 높다고만 말해두겠다.

　나는 자잘한 세상사에 관심을 두면서도 쑥스러워 많은 것을 숨기는 성격이다. 아코디언이 좋다 해도 한 편의 소설까지 쓰는 건 나로서는 꽤 적극적인 일이었다. 게다가 글을 구상하던 시기는 아직 심리적으로 코로나의 영향권에 있었다. 온통 심각한

뉴스가 가득한 상황에서 나는 그저 좋아하는 걸 소재로 삼는 게 맞는지 망설였다. 그러나 쓰고 보니 잘했다는 생각이 든다. 세상이 혼란스러울수록 좋아하는 것에 대한 이야기를 넓혀가는 것은 중요하다고 생각한다.

한 가지 덧붙이고 싶은 것은 주인공들처럼 아코디언을 직접 수리하는 경우도 있지만 국내에 훌륭한 수리 장인들이 있다는 점이다. 나는 내 아코디언을 직접 조율해보려 했지만, 전문가에게 조율을 받고 나니 섣불리 건드리지 않기를 잘했다고 생각하게 되었다.

또한 이 단편에 언급된 연주자들의 음악에 관심 있는 독자라면 조스 바셀리(Joss Baselli), 앙드레 아스티에(André Astier), 이베트 오네르(Yvette Horner) 등의 이름으로도 검색해 들어보기를 추천한다. 아코디언 얘기를 하니

또 말이 많아지는 것 같아 이쯤에서 마치기로
한다.

2023년 여름

김목인

- 22

마르셀 아코디언 클럽

초판 1쇄 인쇄 2023년 7월 21일
초판 1쇄 발행 2023년 8월 9일

지은이 김목인
펴낸이 이승현

출판2 본부장 박태근
스토리 독자 팀장 김소연
편집 강소영 곽선희 김해지 이은정 조은혜
디자인 이세호

펴낸곳 ㈜위즈덤하우스   **출판등록** 2000년 5월 23일 제13-1071호
주소 서울특별시 마포구 양화로 19 합정오피스빌딩 17층
전화 02) 2179-5600   **홈페이지** www.wisdomhouse.co.kr

ⓒ 김목인, 2023

ISBN 979-11-6812-722-7 04810
       979-11-6812-700-5 (세트)

값 13,000원

· 이 책의 전부 또는 일부 내용을 재사용하려면 반드시 사전에
  저작권자와 ㈜위즈덤하우스의 동의를 받아야 합니다.
· 인쇄·제작 및 유통상의 파본 도서는 구입하신 서점에서 바꿔드립니다.

한 조각의 문학, 위픽 (wefic)